Zeig uns einen Weg durch den Nebel

D1706157

Wilh

Josef Osterwalder

Zeig uns einen Weg durch den Nebel

Gebete für junge Menschen

Mit Illustrationen von
Hans Küchler

ars edition

© 1984 ars edition · Alle Rechte vorbehalten
Ausstattung und Herstellung ars edition
Printed in West-Germany · ISBN 3-7607-7816-X

Wenn ich kritisch in den Spiegel schaue

Ich bin anders
als die andern.
Wer bin ich?

Ich bin kein Kind.
Ich bin nicht erwachsen.
Ich bin kein Musterschüler.
Ich bin kein Aufschneider.
Ich bin kein guter Fußballer.
Ich bin nicht Mittelpunkt der Klasse.
Ich bin nicht besonders hübsch.
Ich bin keine Sportkanone.
Ich bin keine Leseratte.
Ich bin anders als die andern.

Wer bin ich?

Wenn ich kritisch
in den Spiegel schaue

Gott,
weißt Du, wer ich bin?

Kennst Du mich?
Bist Du da,
wenn ich mich mitten in der Klasse allein fühle?
Bist Du da,
wenn ich mich selber nicht verstehe?
Bist Du da,
wenn ich kritisch in den Spiegel schaue?
Bist Du da,
wenn ich mich wegen meiner Pickel
verkriechen möchte?
Bist Du da,
wenn ich schlechte Noten bekomme?
Bist Du da,
wenn ich sonntags »Familie« spielen muß?

Bist Du immer da?

Ich:
abenteuerl - ich
wunderl - ich

Ich
abenteuerl - ich
äußerl - ich
bitterl - ich
brüderl - ich
ritterl - ich
schauerl - ich
widerl - ich
wunderl - ich
weibl - ich
männl - ich
peinl - ich
kindl - ich
fürchterl - ich

wer bin ich?

ICH?

Ich habe mein Gesicht versteckt

Ich habe eine Maske angelegt.
Ich habe mein Gesicht versteckt.
Keiner kann sehen,
ob ich lache
oder weine,
ob ich müde bin
oder wach.
Man sieht nur das Grinsen
der Maske.
Das ist Fasching.
Oder verstecke ich das Gesicht auch sonst?
Soll niemand es sehen,
wenn ich traurig,
wenn ich fröhlich bin?
Es ist gut,
daß es Masken gibt,
die mich verbergen.

Gott,
ist das immer gut?

Steige ich auf den höchsten Berg,
Du bist da.
Ein Psalm

Du schaust mich an,
Herr,
mit forschenden,
fragenden,
gütigen Augen.
Du weißt, was ich denke,
weißt, was ich rede.
Du kennst meine Gefühle.
Du weißt,
wann ich froh
und wann ich traurig bin.
Vor Dir kann ich nicht fliehen.
Steige ich auf den höchsten Berg,
Du bist da.
Verberge ich mich in der tiefsten Höhle,
Du wartest auf mich.
Mein Leben ist in Deiner Hand.
Du hast es geschaffen,
gestaltet,
gewoben.
Du hast es geplant
und gewollt.
Du freust Dich,
daß ich bin.

Vorsicht mit Geld.
Überstürzen Sie keine Entscheidung!

Beim Blättern in der Illustrierten
stürze ich mich auf das Horoskop.
Sternzeichen Krebs.
Was erwartet mich nächste Woche?
»Im Beruf zeichnet sich eine Wende ab.
Vorsicht mit Geld.
Überstürzen Sie keine Entscheidung.
In der Liebe
wartet eine Überraschung auf Sie.«

Gott,
ist mein Leben
abhängig von den Sternen?
Haben die Sterne immer recht?
Oder bin ich stärker
als das,
was das Horoskop voraussagt?

Gott, bist Du ein Igelheim?

Igelheim:
hier werden alle Igel aufgenommen,
die an einem gefährlichen Ort leben,
die verletzt sind
oder im Winter frieren.

Gott,
bist Du auch ein Igelheim?
Nimmst Du mich an
mit meinen vielen Stacheln?

Die andern haben Glück, ich habe immer Pech

Die andern haben Glück,
ich habe meistens Pech.
Wenn's einen erwischt,
dann mich.
Wenn ich einmal die Hausaufgaben nicht habe,
werde ich kontrolliert.
Wenn ich einmal krank bin,
dann sicher in den Ferien.
Ich habe mich an das Pech gewöhnt.

Gott,
warum habe ich Pech,
wann kommt endlich das Glück?
Oder ist es so:
sehe ich mein Pech zu schwarz
und das Glück der andern zu farbig?

**Wo ist mein Platz
in dieser
übervölkerten Welt?**

Ich brauche Lehrer, die lachen können

Ich brauche
einen Freund,
der zu mir steht.

Ich brauche
Eltern,
die mich nehmen, wie ich bin.

Ich brauche
Lehrer,
die lachen können.

Ich brauche
ein Tier,
für das ich sorgen kann.

Ich brauche
jemanden,
der spürt, wie es in mir aussieht.

Du weißt es,
Gott,
ich brauche Dich.

Wer kennt mich?
Wer braucht mich?

Wer kennt mich?
Wer braucht mich?
Wer liebt mich?
Wer sieht mich?
Wer ruft mich?
Wer hört mich?
Wer beachtet mich?
Wer fürchtet mich?
Wer lobt mich?

Und ich?
Wen brauche ich?

OWOW
WOWO

Zu viele Kriege,
zu viele Katastrophen,
zu viele Menschen

Es gibt viele Menschen.
Zu viele, sagt die Zeitung.
Die Erde ist übervölkert.

Es gibt viele Arbeiter.
Zu viele, sagt die Zeitung.
Viele sind arbeitslos.

Es gibt viele, die eine Wohnung suchen.
Zu viele, sagt die Zeitung.
Viele leben menschenunwürdig.

Es gibt viele Flüchtlinge.
Zu viele, sagt die Zeitung.
Und alle sind heimatlos.

Es gibt Erdbeben, Naturkatastrophen.
Zu viele, sagt die Zeitung.
Viele bleiben obdachlos.

Es gibt viele Kriege.
Zu viele, sagt die Zeitung.
Denn zu viele Menschen sind lieblos.

**Wo ist mein Platz
in dieser übervölkerten Welt?**

Gott,
wo ist mein Platz
in dieser übervölkerten Welt,
wo viele arbeitslos,
obdachlos,
heimatlos sind?

Du sagst:
die Liebe hat immer Platz.
Sie dient,
sie hilft,
sie führt die Menschen zusammen.
Ist das meine Aufgabe?

Mein Leben ist ein Baum.
Ein Winterbaum,
ein Frühlingsbaum

Mein Leben ist ein Baum.
Ein Winterbaum,
ein Frühlingsbaum

Mein Leben ist ein Baum.
Es beginnt ganz klein,
als Samenkorn.
Eingebettet in der Erde
beginnt es zu wachsen.
Eingebettet war ich
als kleines Kind.
Die ersten Blätter
sind fein und zart,
man muß sie schützen.
Aber Jahr für Jahr wird der kleine Baum größer,
kann von selber stehen.
Zuerst braucht er einen Stab,
der ihn hält,
der ihn stützt.
Aber der Baum wächst weiter,
über die Stütze hinaus.
Er braucht sie nicht mehr.
Der Baum verzweigt sich
in viele Äste,
sie bilden eine Krone
mit ungezählten Blättern.
Ungezählt
sind meine Gedanken und Träume,
die Erlebnisse und Wünsche.

Im Frühling deckt sich der Baum
mit Blättern zu.
Er feiert ein Blütenfest.
Im Sommer trägt er Blätter
wie ein großes Dach,
das die Vögel bei Gewitter schützt.
Im Herbst sind die Früchte
prall und reif,
die Blätter werden bunt,
bis kalte Winde sie fortblasen
und davontragen.
Dann spielen Schneeflocken
mit dem kahlen Baum,
ziehen weiße Linien über die Äste,
dort, wo kleine Knospen warten.

Mein Leben ist ein Baum.
Ein Frühlingsbaum,
ein Sommerbaum,
ein Herbstbaum,
ein Winterbaum.

Ein kleines Boot,
das durch die Wellen gleitet

Mein Leben gleicht
der Fahrt über einen See.
Es ist wie ein kleines Boot,
das durch die Wellen gleitet,
auf und ab.
Ich muß rudern,
damit es vorwärts geht,
brauche Mut,
Kraft,
darf die Orientierung nicht verlieren.
Manchmal hilft mir der Wind
und trägt mich voran,
manchmal kommt er von vorn,
stößt mich zurück
oder treibt mich ab.

Ich glaube,
Gott läßt mich in meinem Boot nicht allein,
läßt mich im Leben nicht allein.
Jesus ist da.
Er ist da, wenn die Fahrt stürmisch wird,
Er ist da, wenn mein Boot festliegt,
Er ist da, wenn ich müde bin,
Er ist da, wenn die Fahrt vorangeht,
Er ist da, wenn ich mich freue.

Ich bin nicht allein.
Jesus ist da,
Menschen sind da,
mit mir, im gleichen Boot.
Wir brauchen einander.
Menschen brauchen einander:
einen, der mitleidet,
einen, der sich mitfreut,
einen, der mitträgt,
einen, der zuhört,
einen, der vergibt.
Wir brauchen einander,
dann kommen wir voran.

Ein Kern in mir, der wachsen will

Vor mir liegt
ein Apfelkern,
klein,
dunkelbraun,
unscheinbar.
Ich kann ihn in die Erde legen,
kann ihm Wasser geben.
Dann beginnt er zu wachsen.
Alles ist in ihm angelegt,
alles Wachsen,
der ganze Bauplan,
der ganze spätere Baum.

Der Apfelkern
spricht von mir,
von meinem Leben,
vom Kern in mir,
dem kleinen,
unscheinbaren,
der wachsen
und sich entfalten will.

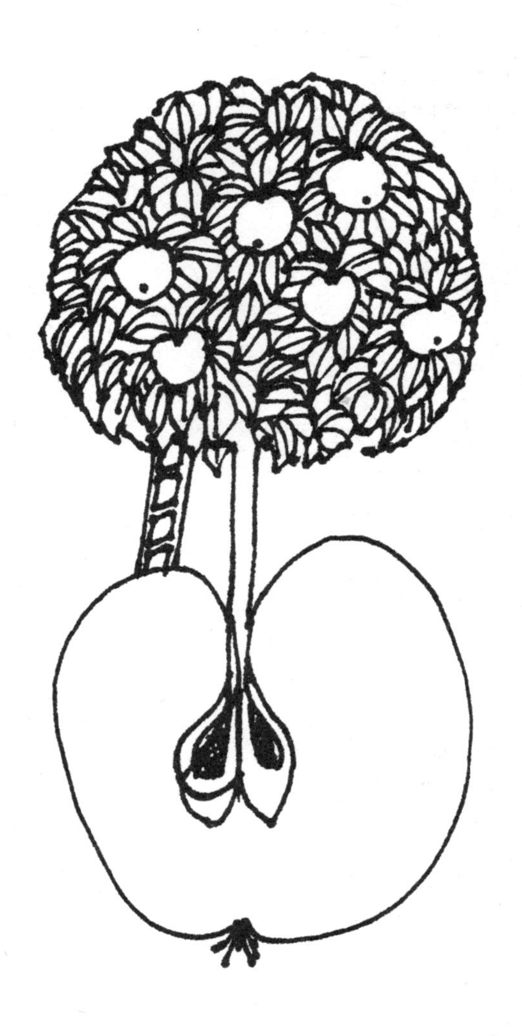

Was vor mir ist,
liegt im Dunkel

Mein Leben ist ein Weg.
Jeden Tag gehe ich ein Stück weiter.

Vieles habe ich erfahren:
Schöne Tage,
dann war es wie ein Spaziergang
durch die Blumenwiese;
traurige Tage,
dann war der Weg lang und steil;
langweilige Tage,
dann war es ein Weg
über einen großen, leeren Platz;
spannende Tage,
dann war es wie eine Bergwanderung
voller Überraschungen.
Ich gehe den Weg nicht allein.
Menschen gehen mit.
Sie helfen mir,
wenn es über Hindernisse geht.
Ich möchte den ganzen Weg sehen.
Aber ich sehe nur das Stück,
das hinter mir liegt.
Was vor mir ist, liegt im Dunkel.

Gott,
schütze meinen Weg.

Einer kaut,
einer spuckt,
einer schlurft

Ich sag dir auch alles

»Du erzählst nie etwas von dir«,
sagt meine Freundin.
Sie ist wütend.
»Freunde müssen einander
von ihren Problemen erzählen.
Ich sag dir auch alles.«

Gott,
es stimmt,
manches mag ich nicht erzählen:
daß ich Angst habe
vor der nächsten Prüfung;
daß meine Eltern
gestern gestritten haben;
daß meine Mutter
immer so nervös ist;
daß mein Bruder
Ärger mit der Polizei hat.
Oder sollte ich doch darüber
reden?
Mit meiner Freundin?
Mit Dir?

Einer kaut,
einer spuckt,
einer schlurft

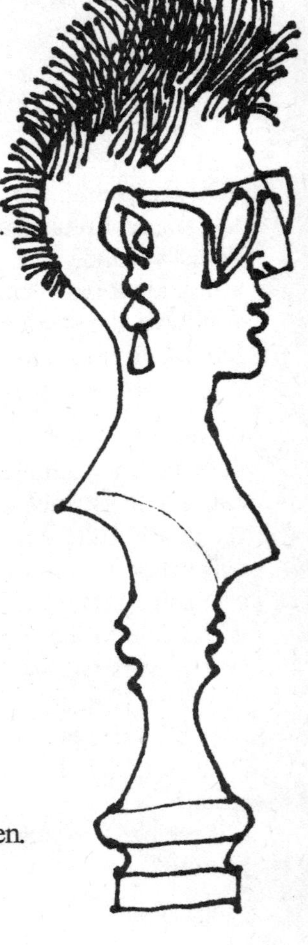

Einer kaut
wie der Leader der Rockgruppe.

Einer spuckt
wie das Fußballidol.

Eine frisiert sich
wie die Filmdiva.

Eine kleidet sich
wie der Star der Fernsehserie.

Einer schlurft
wie ein Privatdetektiv.

Eine raucht
wie die Geheimagentin.

Einer ist lässig
wie der Westernheld.

Du, Gott,
hast jeden als Original erschaffen.
Warum bemühen sich so viele,
eine Kopie zu werden?

Benehme ich mich wie ein Passagier?

Wir sind eine Gemeinschaft
im gleichen Boot.
Mach ich mit?
Setze ich mich ans Ruder?
Oder benehme ich mich
wie ein Passagier
und spaziere herum,
gemütlich,
während sich die andern abmühen?
Habe ich Angst
vor den Wellen
und Stürmen?

Eine Fußballmannschaft, ein Familienhotel . . ?

Ist unsere Familie
eine Fußballmannschaft,
die zusammenspielt,
zusammenhält;
die Siege gemeinsam erringt
und Niederlagen miteinander erträgt?

Ist unsere Familie
ein Hotel,
wo jeder sein Zimmer hat,
bedient wird,
und wenn es Zeit ist,
sich zu Tisch begibt?

Oder ist unsere Familie
ein Geschenk,
dem ich Sorge tragen muß,
wo ich etwas beitrage,
wo ich mitmache,
mitdenke?

BITTE
SORGFALT!

Wenn Eltern und Geschwister zu Freunden werden

Es gibt viele Menschen.
Und vielen bleiben wir fremd.
Einige sind anders,
nahe,
nehmen mich zum Freund,
einigen werde ich zum Freund.
Ihnen vertraue ich.
Sie verstehen mich ohne viele Worte,
nichts ist kompliziert.
Solche Freunde finde ich
beim Sport, beim Spiel,
in der Klasse.
Schön ist es,
wenn Eltern und Geschwister
zu Freunden werden.

Schön ist es,
daß Du, Jesus,
mein Freund geworden bist.

Ich möchte abschalten, vergessen

Lehrerwörter
Elternwörter
Kirchenwörter

Ich ersticke an den Wörtern:

Wörter im Schulbuch,
Wörter aus dem Radio,
Wörter am Arbeitsplatz,

Lehrerwörter,
Elternwörter,
Kirchenwörter,

Wörter in der Zeitung,
Wörter auf Plakaten,
Wörter in der Klasse,

Sprichwörter,
witzige Wörter,
alberne Wörter.

Ich ersticke an den Wörtern.

Wie soll ich unter den vielen Wörtern
Dein Wort hören,
Gott?
Das leise,
stille,
sanfte Wort,
daß Du mich liebst?

Niemand weiß, wo der Himmel ist . . .

Niemand
hat Gott gesehen;

niemand
hat seine Stimme gehört;

niemand
hat ihn je berührt;

niemand
ist aus dem Jenseits zurückgekommen;

niemand
weiß, wo der Himmel ist.

Aber manchmal geschieht Folgendes:

Jemand
schreibt einem traurigen Menschen einen Brief;

jemand
spielt mit dem einsamen Kind;

jemand
geht mit der blinden Frau einkaufen;

jemand
fragt, ob er dich begleiten soll;

jemand
spürt etwas von Gott.

Ich möchte abschalten, vergessen

Ich suche Stille,
aber mein Zimmer ist voll Lärm.

Ich stelle das Radio ab,
ich stelle den Recorder ab,
ich stelle den Fernseher ab.
Die Stille ist noch nicht da,
der Lärm kommt von außen.

Ich schließe das Fenster,
ich schließe die Tür,
ich trage das Telefon hinaus.

Die Stille ist noch nicht da,
der Lärm kommt von innen.

Ich versuche abzuschalten,
ich möchte den Schulärger vergessen,
ich möchte nicht mehr an den Streit
mit den Eltern denken.

Die Stille ist noch nicht da.
Woher kommt der Lärm?

Gott, Du schweigst,
Deine Stille ist tief.
Schenk Du mir Stille.

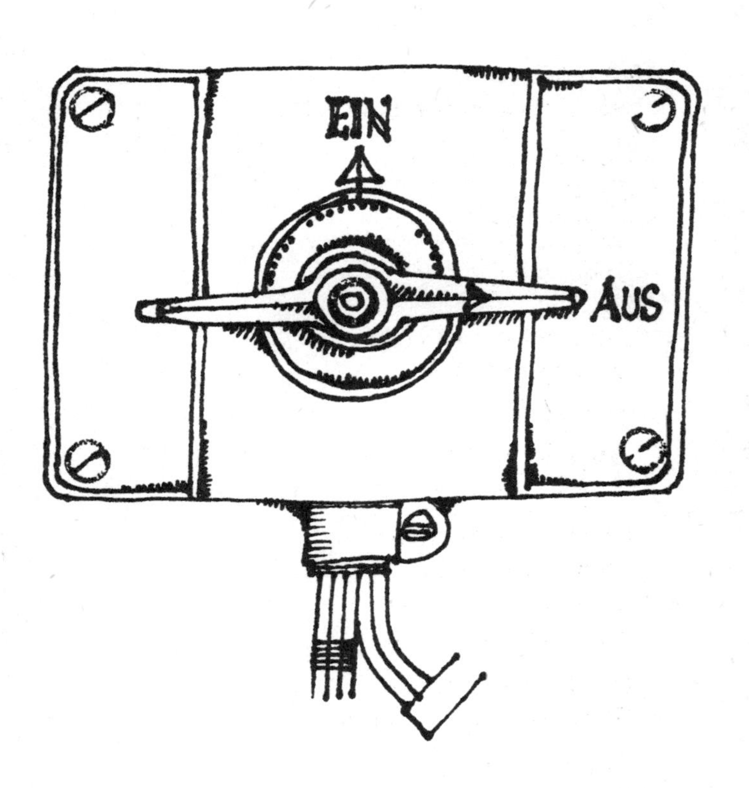
EIN
AUS

Ein Gruß,
ein Brief,
ein Sonnenstrahl

Du sprichst leise zu uns,
Deine Zeichen sind oft unscheinbar,
wir beachten sie kaum.
Einmal schaust Du uns an mit den Augen
eines Menschen,
einmal ist es die kleine Bitte,
die uns erreicht,
ein Gruß,
ein Brief,
ein Sonnenstrahl.

Gott, laß uns
an Deinen leisen Zeichen nicht vorbeileben.

Beten heißt: Raum schaffen

Beten heißt:
Raum schaffen

Beten heißt:
den Rucksack
mit allen Lasten abstellen,
die man mit sich trägt.

Beten heißt:
den Korb mit
allen Problemen
vor Gott ausleeren.

Beten heißt:
einen Besen in die Hand nehmen
und den ganzen Schmutz wegkehren,
der auf dem Boden liegt.

Beten heißt:
alles aufräumen,
was im Inneren
herumliegt.

Beten heißt:
den Krug mit faulem Wasser
ausleeren
und frisches eingießen.

Beten heißt:
in den Spiegel schauen
und
ein Lächeln versuchen.

Beten heißt:
mit einem Lappen
die Scheiben putzen,
bis man wieder klar nach außen sieht.

Beten heißt:
Raum schaffen
für Gott.

Was ist in meiner Mitte?

Was ist in meiner Mitte?

Der Sport?
Die Schule?
Die Freundin?
Meine Angst?
Meine Zukunft?
Sorgen?
Ich?

Beim Beten
möchte Gott in meine Mitte kommen.

Findet Er
in meiner Mitte Platz?

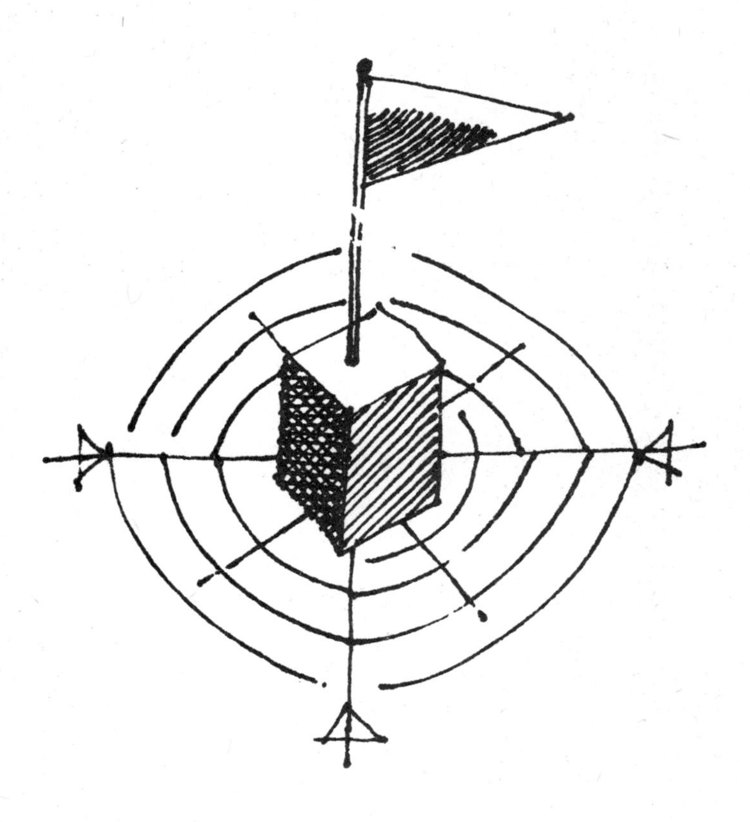

Kurzes Wort, ein kleiner Satz

Beten,
das ist manchmal
nur ein kurzes Wort,
ein kleiner Satz.
Ist es dann schon vorbei,
weggeflogen
wie ein flüchtiger Gedanke?

Du, Gott,
hörst unser Beten,
weißt, was wir sagen.
Du hebst unsere Worte auf,
läßt sie klingen
wie eine Melodie,
läßt sie zu Samen werden,
die auf gute Erde fallen,
Wurzeln schlagen,
die tief im Herzen gründen.

BETE
BETE
BETE
BE|E
BETE
BE|E
BE|E
BETE
BE|E
BE|E
BETE

WOR|E
WOR|E
WOR|E
WORTE
WOR|E
WORTE
WOR|E
WORTE
WOR|E
WOR|E
WOR|E
WORTE
WOR|E
WORTE
WOR|E
WOR|E
WORTE
WOR|E
WORTE
WOR|E
WORTE
WORTE
WOR|E
WORTE
WORTE

Warten, bis der Schmutz sich setzt

Ich stochere mit einem Stock
im Wasser.
Es wird unruhig,
trübe und schmutzig.
Ich muß warten,
bis der Schmutz sich setzt,
das Wasser still wird,
bis mein Spiegelbild
wieder im Wasser erscheint.
So ist es beim Beten:
schlechte Gedanken,
ungebändigte Wünsche
machen das Herz unruhig,
wühlen es auf.
Erst wenn ich ruhig bin,
kann ich wieder klar sehen,
mich und die Mitmenschen.

Erst dann kann ich Deine Nähe spüren,
Gott.

Wo bist Du,
wenn die kleinen Kinder
Hungers sterben?

Die Angst
im Flüchtlingsboot

Ein Schiff liegt tief
in den Wellen des Meeres,
überladen mit Leuten
kommt es langsam voran.
Sie drängen sich aneinander,
Kinder schauen voll Angst.
Werden sie ein Ufer
mit Menschen finden,
oder bei Raubtieren landen,
die sie zurückstoßen ins Meer?

Zäune, Gräben, Mauern

Wenn wir Angst haben,
sichern wir uns nach außen ab
mit Zäunen, Gräben, Mauern.
Schlimmer sind die
unsichtbaren Mauern.
Wir errichten sie
auch gegen Menschen,
die uns nahe sind.
Wenn die Mauer steht,
wird sie fest,
alt.
Vielleicht vergessen wir sie,
aber sie ist noch immer da.

Eine Türe öffnen
braucht Vertrauen,

eine Mauer niederreißen
braucht Kraft,

einem anderen die Hand geben
braucht Mut.

Gott,
wir gewöhnen uns so leicht an Mauern.
Hilf,
daß wir in unseren Mauern nicht ersticken.

Wo bist Du, wenn die kleinen Kinder Hungers sterben?

Wo bist Du, Gott,
wenn die kleinen Kinder
Hungers sterben?

Wo bist Du,
wenn arme Bauern
von ihren Feldern vertrieben werden?

Wo bist Du,
wenn die Folterer
ihre Opfer quälen?

Wo bist Du,
wenn die Mächtigen
ihre Waffenlager füllen?

Wo bist Du,
wenn sie den Krieg erklären,
wenn junge Männer, Frauen, Kinder
im Bombenhagel sterben?

Wo bist Du,
wenn Eltern einander
zu hassen beginnen
und Kinder hin und her gezerrt werden?

Wo bist Du,
wenn Menschen keinen Ausweg
mehr wissen
und verzweifeln?

Wo bist Du?
schreien wir
und wissen doch:
Du bist am Kreuz,
um unsere Not zu tragen,
um uns aufzurütteln gegen das Böse,
um uns zu zeigen:
das Wichtigste kann nicht sterben,
die Hoffnung lebt.

So könnte es sein:
Überall fangen die Menschen
zu teilen an

So könnte es sein:
Überall fangen die Menschen
zu teilen an

Die Menschen sind uneins.
Die Menschheit ist zerrissen. Das sind Wunden.
Hier in Asien haben wir viel Elend gesehen.
Wir haben aber auch eine Entdeckung gemacht.
Wir haben ein Volk gefunden, voll Lebenskraft,
mitten im Elend.
Darum sind wir überzeugt: Wir können etwas tun,
wir können die Wunden heilen;
diese Welt kann menschlich werden.

So könnte es sein:
Überall fangen die Menschen zu teilen an,
über die ganze Erde hin.
Dieses Beispiel hat große Kraft,
es wird ansteckend sein.
Warte nicht!
Fang selber an!
Wenn du diesen Brief liest, dann fang an zu teilen.
Du bist nicht allein.
Die Armen in Asien haben vor dir begonnen.

Teilen, das fängt im Kleinen an. Beim Einkaufen.
Brauchst du wirklich, was du kaufst?
Oder läßt du dich zwingen?
Bläst dir die Reklame ins Ohr, was du kaufen sollst?
Bist du unfrei?

Teilen, das geht nicht sofort.
Nicht von einem Tag auf den anderen.
Es braucht Zeit.
Unsere Bitte: Prüft in den nächsten sieben Jahren,
was ihr wirklich braucht.
Schaut in die Familie, in die Kirche,
überallhin, wo ihr lebt.
Was ist wirklich notwendig?
Was ist überflüssig?
Wovon könntest du dich trennen?

Teilen heißt auch: Meine Wohnung wird anders.
In meiner Wohnung sind andere willkommen.
Sie ist ein Ort, wo Friede ist,
wo wir einander vergeben.
Wie einfach kann meine Wohnung werden?

Teilen heißt: Die Nachbarn ernst nehmen,
auf sie zugehen, eine Verbindung knüpfen.
Du wirst dabei auf große Einsamkeit stoßen.
Lade andere zum Essen ein. Und schau:
Aus einem einfachen Mahl entsteht leichter ein Fest
als mit übertriebenem Aufwand.

Teilen heißt: Arbeite nicht einfach für dich,
damit du hoch hinauskommst.
Arbeite nicht, um Geld anzuhäufen.
Arbeite, um das Lebensnotwendige zu verdienen.

Es gibt nur eine Menschheitsfamilie.
Alle gehören zusammen, keiner ist ausgeschlossen.
Wir müssen uns einsetzen für die Opfer der Gewalt,
der Folter, der Rassenvorurteile.

Aber was gibt uns die Kraft dazu?
Woher erhalten wir den nötigen Mut?
Er kommt allein aus der Liebe.
Sie ist eine gewaltige Kraft. Und sie ist in uns.
Gottes Bild im Menschen
ist wie das Brennen der Liebe.
Das Gebet ist für dich eine Quelle der Liebe.
Mach dem Gebet Platz, in dir, in der Gemeinschaft.

Mit Buchstaben aus Feuer schreiben wir:
In das Klagelied so vieler leidender Menschen
mischt sich schon eine neue Melodie,
ein Lied der Hoffnung.
Dieses Lied haben wir in Asien
deutlich vernommen.
Noch unterdrückt und verborgen -
aber ein Lied, das der Gemeinschaft der Menschen
versprochen ist.

Roger Schütz: Botschaft an die Jugend
2. Brief an das Volk Gottes - freie Kurzfassung

Bei solchen Menschen ist uns wohl

Es gibt Menschen,
die nicht sammeln, sondern teilen,
die nicht raffen, sondern loslassen,
die nicht kämpfen, sondern dienen.
Bei solchen Menschen ist uns wohl.
Und auch uns gehen die Augen auf,
die Hände
und das Herz,
und wir spüren:
die anderen brauchen uns.

Zeig uns einen Weg durch den Nebel

Wenn ich mich verkriechen möchte

Gott, Du sagst:
Ich bin bei dir.

Sag es,
wenn ich mich verkriechen möchte,
wenn ich meine Familie nicht sehen mag,
wenn ich genug habe von der Schule.

Sag: Ich bin bei dir.
Sag es,
wenn die schlimmen Träume kommen,
wenn ich in der Nacht aufschrecke,
wenn ich am Morgen nicht aufstehen mag.

Sag: Ich bin bei dir.
Sag es,
wenn mein Herz klopft,
wenn ich die Nähe der Eltern suche,
wenn ich vor mich hinträume.

Sag: Ich bin bei dir.
Sag es,
wenn ich an meine Zukunft denke,
an den späteren Beruf
und an die Ausbildungsjahre, dir vor mir liegen.

Sag es immer:
Ich bin bei dir.

Wenn ich den Bruder bei der Hand nehme

Jesus sagt:
Ich bin bei euch an allen Tagen.

Du bist da,
wenn ich allein bin.

Du bist da,
wenn ich mich mit anderen zerstritten habe.

Du bist da,
wenn ich mich verletzt habe.

Du bist da,
wenn mir ein Mensch weh getan hat.

Du bist da,
wenn ich glücklich bin.

Du bist da,
wenn ich den Bruder bei der Hand nehme.

Du bist da,
wenn ich einen Fehler zugebe.

Du bist da,
wenn ich eine Niederlage einstecken muß.

Du bist da,
auch wenn ich gar nicht daran denke.

Wir spüren, woher unser Leben kommt

Vater,
wir danken Dir.
Wir spüren,
woher unser Leben kommt,
wohin es geht,
wer es hält,
warum wir fröhlich sind,
was uns Mut gibt
und tapfer macht,
das Leben zu bestehen.
Um uns herum
ist viel Angst,
es gibt Böses,
Freches
und viel Gemeinheit.
Wir brauchen
das Vertrauen,
wir brauchen Mut.
Wir brauchen Dich.

Wie ein stiller See

Gott, ich bin da,
bei Dir,
ich möchte ruhig werden
wie ein stiller See.
Gott, ich bin da,
bei Dir,
ich möchte hören,
was die Stille mir sagt.

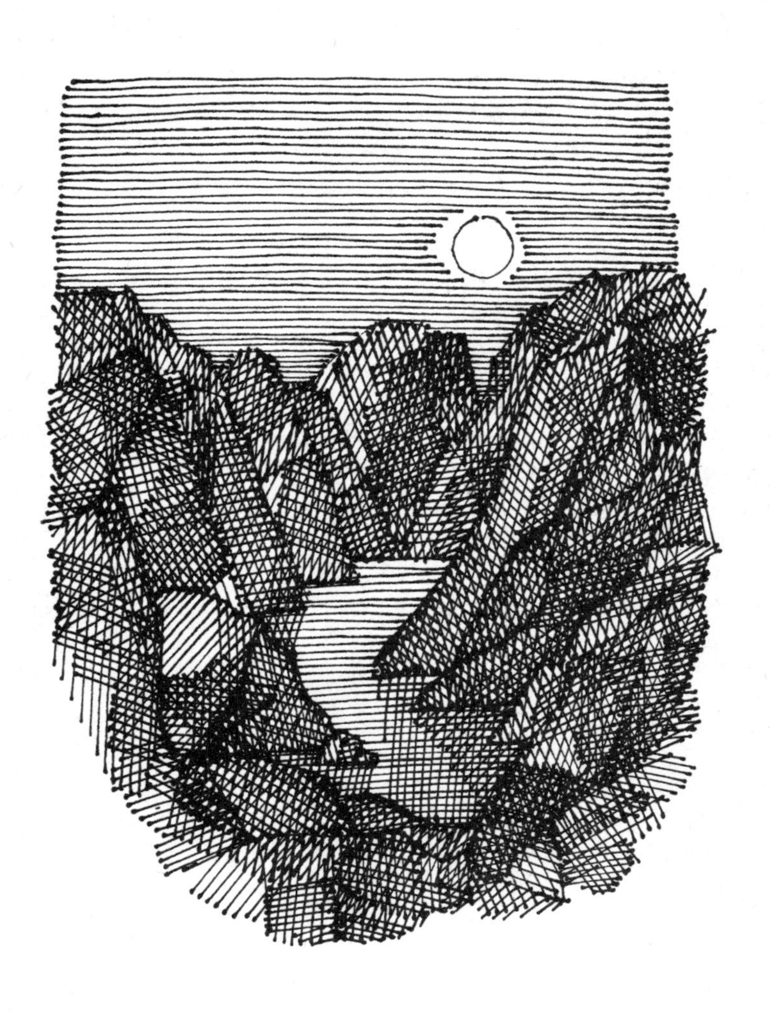

Du bist
wie ein sicheres Schiff

Gott,
Du bist für mich
wie eine Burg,
wie ein Hirte,
wie ein sicheres Schiff,
das mich über die Wellen hinwegträgt,
wie ein Vater,
der am Ufer wartet,
wie eine Mutter,
die mich in den Armen hält.

Wenn der Geist Gottes kommt

Wenn der Geist Gottes kommt,
dann beginnen die Menschen zu leben,
wirklich zu leben.
Dann spüren sie,
was Gott von ihnen will,
dann sind sie bereit, die Wege Gottes zu gehen.

Wenn der Geist Gottes kommt,
dann wird alles verwandelt,
aus der Angst wird Zuversicht,
aus Trauer wird Freude,
aus Haß wird Frieden.

Wenn der Geist Gottes kommt,
dann reden die Menschen miteinander,
Junge mit Alten,
Schwarze mit Weißen,
Einheimische mit Fremden.

Wenn der Geist Gottes kommt,
dann werden die Gottesdienste fröhlich,
dann wird die Kirche eine große Gemeinschaft,
denn alle beginnen sich zu lieben.

Zeig uns einen Weg durch den Nebel

Du hast uns
für das Licht erschaffen,
nicht für das Dunkel,

für die Liebe,
nicht für den Haß,

darum führ Du uns ans Licht,
wenn es um uns dunkel ist,

zeig uns einen Weg
durch den Nebel.

Der Traum
der neuen Welt

Der Erste, der Zweite, der Dritte

Alle Siegertreppen sind gleich:
oben der Erste,
tiefer der Zweite,
dann der Dritte.
Alle denken ans Siegen.
Es gibt:
den Besten in der Klasse;
den Schnellsten im Rechnen;
den Geschicktesten beim Spielen;
den Lautesten in der Gruppe;
den härtesten Kopf in der Familie.

Alle möchten siegen
und genießen es,
oben zu sein.

Eine Siegertreppe ist anders.
Da kommen zuerst
die Armen,
die Verschüchterten,
die Stillen,
die Geschlagenen.
Denn Du, Gott,
hältst nichts vom Siegen.
Deine Macht heißt Liebe,
Deine Kraft liegt im Dienen.

1
2
3

Ein bißchen Licht, und die Welt sieht anders aus

Ein bißchen Licht,
und die Welt sieht anders aus,

ein bißchen Wärme,
und Menschen fühlen sich daheim,

ein bißchen Freude,
und Menschen fassen Mut,

ein bißchen Nähe,
und das Leben wird schön,

ein bißchen Verständnis,
und das Licht beginnt zu strahlen.

Gott,
in einer dunklen Welt
träumen wir vom Licht.
Wir hören Nachrichten vom Krieg
und hoffen auf den Frieden.
Wir brauchen das Licht,
wir brauchen Dich,
wir brauchen Menschen des Friedens.
Vergib, wenn wir Schatten in die Welt bringen,
einander vor dem Licht stehen,
einander keinen Mut machen.
Vergib, wenn wir einander weh tun.

Dein Sohn hat uns angerufen,
er hat uns auferweckt.
Plötzlich war das Licht da.
Nicht alle konnten es begreifen.
Nicht alle konnten glauben.
Auch unser Glaube ist manchmal ganz klein.
Aber das können wir tun:
Wir öffnen die Augen.
Wir versuchen das Licht zu sehen.

Wir öffnen die Ohren
und versuchen zu hören, was Du uns sagst.

Wir öffnen das Herz
und erfahren, daß Deine Liebe uns berührt.

Beten ist eine Entdeckungsreise

Gebete für junge Menschen ab 10 Jahren.
96 Seiten, mit 19 Illustrationen von Hans Küchler.